# 絵本作家の森のいえ便り

# accototo さんちの かぞくしょうかい

## acco
（アッコ）

取り巻く時間が、人よりも 1.5 倍ほどゆったりしている。本を読むこと、歩くこと、旅、木、森が好き。緑茶とつぶあんがあると幸せ。地図を広げたり、地球儀を見ては「次はどこに行こうか……」とよく妄想している。季節は、冬が好き。

## toto
（トト）

料理をあれこれ作り、家族や友人が喜ぶことが好き。もちろん、自分も食べることが好き。犬、猫、小動物のアレルギーがあるが、大の動物好きなので、喘息になりながらも、よく触れ合っている。動物と話す時、声が変わる。昆虫、化石、鉱物を集めている。季節は、秋が好き。

## 娘（長女）13歳

魔法やドラゴンの世界に、興味津々。鉱物が大好きで集めている。大抵のことは、ノリノリでやり始めても三日坊主が多いが、保育園卒園の頃から始めたバレエは、続いている。季節は、冬が好き。

## 娘（次女）6歳

最初に話した言葉が〝トト〟ということにも表れているように、「toto大好き！」の大のお父さん子。目を閉じたり、空を見上げたまま歩くのが好き（手はつないでいる）。季節は、春と夏と雪の日の冬が好き。

## 息子（末っ子・長男）3歳

我が家のムードメーカー。町から見える、浅間山《あさまやま》に登りたいと思っている。月にも行ってみたいらしい。かなりのお調子者で、人を笑わせることが好き。人見知りをしたことがない。近頃のこだわりは、服の前と後ろを逆に着ること。季節は、全部好き。

## いきものたち

### リクガメの チビちゃん

長女の7歳の誕生日のリクエストで我が家にやってきた。6㎝ほどの大きさだったが、スクスク大きくなり今では17㎝ほどの「チビ」ちゃん。

### アオダイショウの ナギちゃん

蛇《へび》好きの長女が小6の時にaccoが、「見つけたら、飼ってもいいよ」と言うと、友達に協力してもらい、見つけて、家にやってきた。今までに三度、脱皮している。

### しろひめうずらの エーちゃん　ビーちゃん　ディーちゃん

新型コロナで休校中、長女が卵から孵《ふ》化《か》させて育てている。卵に書いたアルファベットがそのまま名前になった。

# はじめに

## 都会暮らしから森の暮らしへ

　自然豊かな軽井沢の家で暮らし始めて、10年が経ちました。今でこそ、長い冬も、動物や虫が近い暮らしもあたりまえとなりましたが、引っ越してくる前は都会のオフィス街、緑もほとんどないような場所で暮らしていました。夫婦ともに関西の中央の方の生まれですし、絵本作家の仕事をするうえでも、編集者の人に会いやすい都会は好都合。最新のアートやカルチャーから受ける刺激も、大切なものでした。

　きっかけは、子どもが生まれたこと。長女が１歳になった頃、緑地公園で遊ぶ子どもがとても楽しそうで。芝生の上を駆け回ったり、落ち葉で遊んだり。そんな姿を見ながら「もっと自然の多いところで育てたいなあ」と思うようになったのです。できれば東京に１時間圏内で行けて、自然豊かなところに。そんな観点で土地探しが始まりました。ｔｏｔｏは子どもの頃から山が好き、ａｃｃｏは海が好きという環境で育ち、二人とも沖縄が好きということから、沖縄へ移住を考えたことも。でも仕事のことも考え、そんな中、たどり着いたのが軽井沢のこの土地でした。はじめてここを訪れた時は、家も何もない雑木林で。でも子どもがそこで走り回っているイメージが、思い浮かんだのです。

　思い起こせば、自分たちが幼い時代は、まだ都会のそばにも自然がありました。ｔｏｔｏ

は両親が虫や動物の飼い方を教えてくれたり、キャンプや山登りをして育ち、ａｃｃｏは海での遊びなど、自然に触れる体験をして育ちました。でも都会のマンション暮らしでは、なかなか難しいことで。自分たちの子どもにも、自然に触れるという選択肢を与えたいという思いが、軽井沢の土地を選んだいちばんの理由でした。

## リアルな自然は甘くない

　引っ越してきたのは２０１１年の４月。それまで住んでいた大阪は、桜の花が咲く季節。明るく暖かい季節を、新しい土地で。そんなイメージで軽井沢の地に着いたのですが……。見渡す限り、枯れ枝。そしてマイナス５℃という寒さ。まだ雪も降る。そんな中で、引っ越しの片付け、入園手続き、仕事……。

「なんでこんなところに引っ越してしまったんだろう」。それが、ここに引っ越してきた頃のａｃｃｏの正直な気持ちでした。周りに知り合いもいないし、何を買いに行くにも車が必要だし、想像以上に寒いし！　ａｃｃｏは「そもそも私は山より海が好きだったじゃないか」なんて、後悔したりもしました。都会で見ていた自然とは違う、リアルな自然の厳しさに不安が募り、ここで暮らしていくイメージが湧かなくなってしまったのです。

　そんな気持ちを変えてくれたのは、北軽井沢でブックカフェを営む方と交流を持ったこと。「北軽井沢」は、私たちが住む「軽井沢」と呼ばれる地域よりももっと森が豊かで、静かな場所。引っ越し後、気分転換に北軽井沢のブックカフェに行き、その静けさと素朴さと、浅間山の麓《ふもと》に暮らすご夫婦に出会って。不思議ですが、木々に囲まれた暮らしが輝いて見えたんです。風が吹き、木がそよぐ音、葉の香り。耳を澄ますと鳥のさえずりが聞こえること。自分たちが住む家のそばにも、この景色が広がっているんだと思えて、やっと心がこの土地に開いた、そんな感じがありました。

## 自然から届くメッセージを受け止めて

都会の暮らしでは、自然の営みは意識して目を向けないと気づかないもの。道端に花は咲いているし、街路樹も季節で色が変わるし、日差しも季節で変わるけれど、日々の忙しさで気がつかない。自然はこちらから摑みにいくような、そんな存在だったと思います。でもこの暮らしでは向こうからやってくる。冬の真っ白な雪景色から、春が近づくにつれフキノトウが顔を出し、夏になれば葉の色がどんどん濃くなっていく。道端には木の実や植物の種が落ちているし、鳥や虫の声もあたりまえに聞こえてくる。すぐそばにある自然は、知らないことの方が山ほどあること、それを学ぶ楽しみを教えてくれるんです。

この本で紹介するのは、この10年で自然が私たちに教えてくれたさまざまな気づき。そして、四季が与えてくれる色彩豊かな楽しみです。どこに住んでいても、自然の営みはすぐそばにあるもの。この本を読んだあと、ちょっと視点を変えて、窓の外を見てみてください。景色がきっと少し変わると思います。

もくじ

# 1

# 季節を感じる

キッチンから見える朝日に元気をもらう

春の柔らかな光、夏の華やかな光、秋のやさしい光、冬の澄んだ光。太陽の高さによって、光の角度が変化する。自然の中で暮らしていると、季節を知らせるのは光の色、角度。あたりまえのことのようで、この家に住むまですっかり忘れていました。

標高が１０００ｍ近くある軽井沢は、冬が長く、一年のうち半分は寒いという感覚です。だからこそ春が待ち遠しくて。キッチンの窓からは朝日が差し込むので、光が知らせる春の訪れに、敏感になりました。そして、世の中がどんなに変わっても、外の自然は変わらずに季節がめぐっていくことを、朝日を見れば感じることができる。前の日にどんなに落ち込んでも、山の間から昇ってくる朝日を見れば元気をもらえるんです。ピカーッて光る太陽のパワーってすごいですよ。２階のアトリエはより太陽が近いからか、仕事をしていると、２月あたりからだんだんと差し込む光の強さが変わってくることがわかる。そして月を追うごとに、明るさが増していきます。心と体に太陽の光を浴びる気持ちよさを改めて感じます。

季節が夏に変わっていくと、光は鋭さを増し、木々の葉を照らすたび、緑の色がさまざまにあることを感じます。夏の終わりから、日暮れが早くなってきたことを窓の光が告げると、一気に暗闇が増えてきます。どんどん日が短くなって、昼と夜のコントラストがはっきりしてくると、いよいよ冬だなあという気がしてきます。

都会で暮らしていた頃は、桜が咲いたから春とか、初雪のニュースで冬の訪れを知るとか、こちらが目を向けてはじめて季節を感じることが多かったかもしれません。でもここでの暮らしでは、季節は太陽の光とともに向こうからやってくる。地球のサイクルの一部になったような感覚で、窓からの光と闇とともに生きることは、心を落ち着けてくれる気がします。

# 自然の中の音

辺りが静かだからこそ、暮らしているとさまざまな音が聞こえてきます。

例えば鳥の鳴き声。朝起きると季節によって、さまざまな鳥の声が聞こえてきます。「コツコツコツコツ」というキツツキの音で目を覚ますこともあります。また、窓に鳥がぶつかってくることがあります。突然「バーン！」という音がしたと思ったら、鳥が脳震盪《のうしんとう》を起こして倒れていたり。しばらくすると元気になって飛んでいくのですが、この突然の出会いに「なんの鳥なんだろう」と子どもたちと調べるようにもなりました。気づいたら知っている鳥が増えていました。

夏の始まりといえば春蟬《はるぜみ》。小さな蟬で雰囲気のある鳴き方をします。その鳴き声を聞くと夏の合図。夏が終わると秋の虫の声。そしてデッキには葉が落ち始めます。どんぐりが落ちる音も。「カツーン！」「コンコンコン！」「バラバラバラ！」と自然のオーケストラのようです。風が強いと木と木が擦れて「ギーギー」という音も聞こえてきます。

冬になって、薪《まき》を家の中に入れると、薪の中から「ギチギチギチ」と音が聞こえてきます。カミキリムシです。家の中が暖かいので、春だと思って虫が出てくるんですね。カメムシや蜂が出てきたこともありました。

自然の中ではじめて聞く音は「なんだろう？」から始まって、想像力を育ててくれます。少し耳を澄ましてみると、目には見えないところに世界が広がっていることを知るのです。

# 闇が深くなる

真っ暗闇、墨のような闇、漆黒の闇。深い闇の表現はさまざまにありますが、ここでの夜は、まさにキャンバスをべったりと黒い絵の具で塗ったような闇。

冬場、暗くなってから外に薪を取りに行ったら、前後左右、足元までまったく見えないほどの闇に驚いたことがあります。ゆっくり歩いて、薪置き場にたどり着く頃、やっと目が慣れてくるほど。街灯もほとんどないので、夜、外は本当に真っ暗です。だからこそ月明かりが道路を照らして、白く光る風景を見ることができます。星の数がこんなに多いことも、意外と頻繁に流れ星が見られることもここにきて実感したことです。

闇といえば、停電が多いことも、ここの暮らしならではかもしれません。高い木が倒れて電線に引っかかり、よく停電になるんです。３日間くらい停電が続いたこともありました。予告なしに起こることなので、不便を感じることもありますが、暗闇を楽しむ工夫や知恵はついたかもしれません。ろうそくの明かりでごはんを食べたり、子どもたちが光るおもちゃをたくさん吊るしたり。テレビも当然見られないので懐中電灯やろうそくの明かりでボードゲームを楽しんだり。子どもたちにとっては、停電だから辛かったではなくて、面白かった！　という思い出になっているよう。ないならないで、工夫して面白い方向に持っていき楽しんじゃう。明かりがないのではなく、闇があることを楽しむ。そんな感覚が、自然と身についていってくれるとうれしいなと思います。

# つきのだいどころ

おつきさまに　だいどころって　ある?

あるかもしれないねぇ。

どんな　りょうり　つくるのかな？

なにが　でてくると　おもう？

ほしの　ステーキに、
ながれぼしの　クッキーに、
どせいの　ドーナツ！

つきの　だいどころ、いってみたいなぁ。

# 春を待つという感覚

軽井沢で目の当たりにした自然の厳しさといえば、冬。年々暖かくはなってきていますが、マイナス10℃くらいになることもあります。外に出た時の感覚は、寒い、というよりも痛い。この10年の間に1ｍくらい雪が積もった年があり、そうなると除雪車も間に合わず、車も立ち往生。近所では、雪の重さでつぶれたガレージもありました。

暖を取るのは薪ストーブ。冬になる前に用意した薪を毎夕、外に取りに行くのですが、室内であったまった体が一瞬で冷めきるくらい寒い。薪ストーブの出番は4月くらいまで続き、ゴールデンウィークを過ぎた頃、桜と同時に他の花も一斉に咲きます。冬が長いからこそ、春を待ちわび、その知らせに敏感になりました。

薪を取りに外に出た時に感じる痛さも季節の変化のバロメーター。春が近づくとその鋭さがふわっと和らぐ瞬間があるんです。その感覚が訪れたら、「あとどのくらい薪を使うかなあ」と頭が働き始めます。そして、太陽の光も。冬の鋭い透明感のある光が、白に少しのレモン色を足したような光に変わるんです。

そして実は、雪だるまを作れるようになることも、冬の終わりの知らせ。寒すぎるとサラサラとした雪なので、雪だるまもかまくらも作れません。少し暖かくなったり、太陽の光に照らされてはじめて、雪に水分が混じり、ある程度固まるようになるんです。それは大体2月頃でしょうか。朝、雪の地面に踏み出して、その感触を確かめて。固さを帯びた雪を感じられたら、いよいよ春に向かっていくんだなとうれしくなるのです。

# 夏のきらめき

夏といえば、緑の変化をいちばん感じる季節。同じ景色を見ているのに、さまざまな変化があってまったく見飽きることがありません。この辺りでは5月に桜が咲き、花が散ったあと、若葉が芽吹き始めます。6月になると葉が広がり、光が反射して蛍光グリーンのようにきらめきます。緑というより黄色に近い緑。絵の具にも「リーフグリーン」という色があって、たまに使う色なのですが、都会にいた頃は使いながらも「本当にこんな色の葉はあるのかなあ」と思っていました。ゴールデンウィークが明けてから6月初旬の、山の木々の葉がまさにそんな色。心が洗われるような透明感のある緑で、きっと都会でもそんな時期があったのでしょうけど、まったく気づきませんでした。

そして、しとしと雨の梅雨を経て、夏真っ盛りの7月に入ると、地中の水分をぐっと吸い込み、木々の緑はうんと濃さを増します。絵の具でいったら「カドミウムグリーン」でしょうか。少し青みがかった緑色が増えてきます。見上げると、空の青さの分量が少なくなるくらい枝葉が成長し、夏だなあと実感するのです。緑色の変化とともに感じるのが夏独特の匂い。気温が高くなるにつれて、生命力を感じるような葉と木の皮の匂いにも気づくようになりました。

そして秋になるにつれ、また黄色味を帯びてきて散る。夏といえば「暑い」という言葉しか出てこなかったけれど、ここにいると季節の移ろい、循環を感じる時季というイメージに変わったような気がします。

# 秋ははっきりとやってくる

街に住んでいた頃、夏から秋の季節の境目を感じることなく、高くなった空を見て、「ああ秋になったんだ」と気づくことがほとんどだったと思います。暦のうえでは立秋は8月7日頃。ですが、夏真っ盛りの暑い日に秋を感じることはありませんし、9月の秋分の日を過ぎても残暑が厳しい。境目を感じることなく、急に涼しくなったと感じて、一気に冬がくる、そんなイメージでした。

軽井沢に住み始めて気づくようになったのが、「あ、夏が終わった」という感覚。人が踵《きびす》を返し、背中を見せて去っていくような、きっぱりとした変化を夏のある日に感じるようになりました。なぜそう感じるのかを考えてみると、おそらく肌感覚。まだ外は気温の高い夏の日にそれは突然やってきます。夜、窓を開けて入ってきた風に「気持ちいいなあ」とか「涼しいなあ」ではなく、「寒い」となる。それが合図。「あ、秋がきた」という日があるんです。肌で感じるということは、湿度が変わるのでしょう。その日のあとから、洗濯ものの乾きも違うように思います。夏は、湿度の変化がさまざまにあります。爽やかに感じる5月の風のあと、梅雨がやってきて、しっとりとした空気に変わる。そのあとギラギラとした太陽とともに、ベタッと肌にまとわりつくような空気を感じる日もあります。湿度の変化を肌で感じるからこそ、ある日を境に変わった外気の冷たさに敏感になるのかもしれません。そして、ぐんぐんと成長していた葉のパワーも、この日でぱたっと終わるような気がします。その生命力のコントラストも不思議と感じられて、夏の終わりを悟るのです。

# 冬はゆっくりと訪れる

夏と秋とのコントラストに比べると、秋と冬の間はグラデーション。じわじわと変わっていくイメージです。緩やかに、それこそ葉っぱが一気に1日で落ちないのと一緒で、少しずつ少しずつ落ちて、気がついたら枝だけになって、冬がきているという感じでしょうか。完全に葉が落ちると、今度は雪が降って、一気に外が真っ白い世界に変わります。この辺りでは「浅間山に雪が3回降ると麓にも降る」という言い伝えがあって。山を見るという習慣もできました。浅間山を見ながら、そろそろ車のタイヤをスタッドレスに換えなきゃ、って。

秋と冬の境目は夕方の風の冷たさも違う気がします。午後の3時～4時には冷たい風が吹き、子どもの保育園の送りの時には寒さを感じるほどではないのに、迎えに行った時には、耳や指先がちょっと痛いような寒さを感じるようになります。昼間と夕方の気温差が激しくなると、冬がやってくる合図です。痛いような寒さということは、湿度がかなり低いということ。指の先が割れてきたり、子どもたちが痒《かゆ》がって「背中を掻いて」と言ってきたり。保湿クリームの出番にも、冬がきたなーと感じますね。

ここにきて思うのは、湿度とは快・不快の尺度だけではないということ。都会にいるとジメジメ、ベタベタといった気持ち悪さを判断するものでしかなかったけれど、実は季節の変化を知らせるものなんだと思うようになりました。太陽、水、土、植物が紡ぎ出す湿度に、一年のめぐりを感じて、その自然の中で生きているんだと実感できるのです。

# 四季を感じる暮らし

日本には四季がある。幼い頃からあたりまえのこととして育ってきましたが、都会で暮らしていた頃は、なんとなく四季は教科書や図鑑の中にしかない世界なのではないかという印象でした。四季、と言っても、例えば4月は花見で5月はこいのぼりといった歳時の行事くらいでしか違いはわからなかったし、教科書で見ていたのとは違って9月や10月になっても葉は赤くならないし、落ち葉でも遊べないし。夏は暑い、冬は寒いということはわかっても、春や秋は感じる間もなく過ぎ去っていくようなイメージ。四季ではなく夏と冬しかないのではないかと思っていたほどでした。

だから軽井沢で暮らし始めて思ったことは「春夏秋冬ってあったんだ」ということ！　寒く長い冬があるからこそ、春の光や寒さの緩みに敏感になる。木々の緑の色の変化が夏を知らせてくれ、湿度の変化が秋の合図となることも、ここにいるからこそ気づけたこと。そもそも南北に長い日本は何月だからどの季節といえるわけでもなく、自然が教えてくれることなんですね。そう考えられれば、都会で暮らしていても一年の歩みの感じ方は、前と違うかもしれない。今はそう思えます。

窓から差し込む光や、窓から見える緑（なければベランダのグリーンだって）、入ってくる風の湿度。その変化をじっくりと感じてみると、季節がめぐっていることに気づくはず。世界的にさまざまな生活の変化に対応していかなければならない時代において、変わらない自然や一年のめぐりを感じることは、励ましにも似たメッセージとなるような気がします。

# 空の面積で季節を知る

光、風、匂い。ここで暮らしていると、季節の変わり目を知らせるものがさまざまにありますが、視覚的に教えてくれるのが、窓から見える空の面積です。冬枯れの木が春になると少しずつ芽吹き緑が増えるので、枝の間から見える空の面積が少しずつ減り始めます。葉が大きくなってくると、空の面積が半分ぐらいに。春の緑は柔らかく、夏に向かうにしたがって色濃くなっていくのもわかります。真夏になるとほとんど空が見えなくなりますが、太陽が遮られ涼しい風を運んでくれます。

冬から春に向かう時は本当に少しずつですが、朝起きて窓の外を見て空の面積が減ってきていることを確認すると、「ああ春が近い」とワクワクしますね。緑を見つけた時、次女は特に喜びを表現します。花が咲く春という季節が好きで、「緑が出たー、花が出たー」と大騒ぎしています！

そんな風に季節を感じるようになったから、本当に窓の外をよく見ます。夏から秋には葉が色づき、まるで橙色《だいだいいろ》の空。そして晩秋に落葉すると、空の面積が増えて青く見え、デッキの上が橙色に。そのコントラストの美しさは、長く寒い冬の始まりを迎える私たちへのエールのよう。落ち葉で子どもたちがひとしきり遊んだあとは、庭の方に掃き落として、あとは土になるまで放っておきます。庭も落ち葉で敷き詰められ、掃いても掃いてもきりがない。土も元気になりますし、またそこから春に草花が生えてくる喜びもありますから。

# 伸びる影で日差しの変化を知る

道の真ん中を歩ける環境だからこそ、道路に映る影の変化も楽しいもの。季節によって日差しの位置が変わり、夏は短かった影が、冬に向かうにつれて長くなっていきます。日の光は夏に比べて秋冬は柔らかくなりますが、日の差し方はシャープになるイメージ。低い位置からシューッと差してきて、歩いている私たちの影を伸ばします。

小さな子どもたちも影の背が伸びるので、「大きくなった〜」と喜んでいます。影踏み遊びをいちばん楽しめるのは春と秋。夏は影が短すぎて影が踏めず、なかなか勝負がつきませんし、冬は長すぎて勝負にならない。けれど短い影、長い影を生かして、新しい影遊びを考えることも楽しいものです。

都会に暮らしていた時も、冬になるにつれて影が長くなっていくことには気づきましたが、こちらにきて感じたのは、影にも色があるということ。時間帯もありますが、夏は日差しが強いこともあって影の輪郭がはっきりしていて濃い。冬は日差しが低い位置から差し込み、光が柔らかくなるので、輪郭はやや曖昧に、色も薄くなっている気がします。

小学生の頃、理科で日時計を習いましたが、暮らしでそのことが生かされることってなかなかない。でもここでの暮らしには、それがとても身近にあるんです。1日の太陽の角度や季節による高さ、それによって影が動くこと、変化すること。日々そして一年を通して感じるだけでも「ああ、なんだ地球の一部じゃん」と思える。そうすると悩みもバカバカしくなるものです。

雨が作る芸術

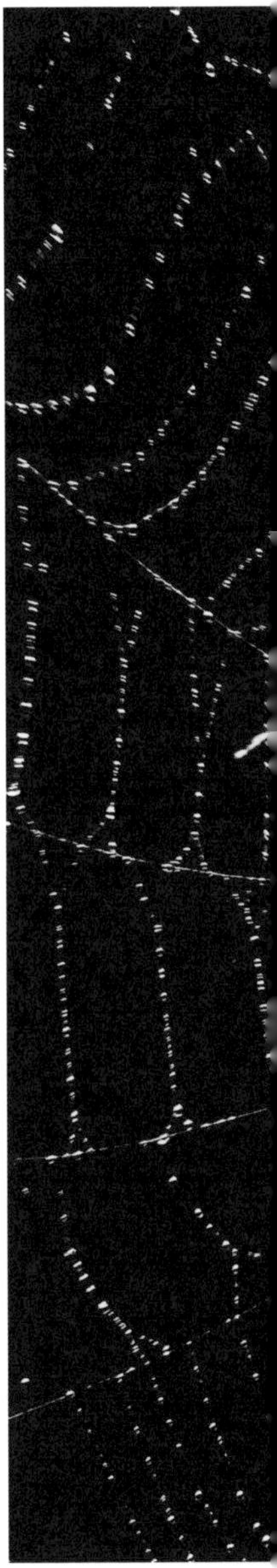

梅雨や夏の雨。湿気は多いし、ベタベタするし、外には出られないし。以前は雨の日は憂鬱になりがちで、晴れの日を待ち望む感覚があったけれど、こちらにくると悪いことばかりではありません。

庭に蜘蛛《くも》が作った巣に水滴がついて、美しい光景を見られるんです。蜘蛛の糸についた水滴は見事な球形を描き、まるで宝石のネックレスのよう。雨が降った翌日に晴れると、太陽の光にキラキラと反射して、自然の神秘を感じます。雨が降らないと気づかなかった蜘蛛の巣の存在にも、はっとさせられる楽しみがある。雨は恵みと言いますが、ここの暮らしでは、目に見える幸せでもありますね。

# 2

# 子どもの目線で気づいたこと

# 初雪はマズい！

一年を通して、子どもたちが大はしゃぎするのはやっぱり雪遊び。子どもも、大人も、真っ白になった庭や道路に足を踏み入れ、最初の足跡がつくだけで大興奮。誰が最初に足跡をつけるか、親子で競争です。最近では寒さにも慣れて、子どもはパンツ一枚で雪の上に飛び込んでいます。寒～いとか言いながら、どれだけ耐えられるかの我慢大会！　寒さを逆に楽しむってそれだけでもひとつの遊びですよね。

雪だるまを作ったり、かまくらを作ったりはもちろんですが、やっぱり大好きなのは雪を食べることのようで。私たちも子どもの頃、真っ白い雪にシロップをかけてカキ氷のように食べることに憧れたものです。でもある時長女が「降り始めの雪ってマズいんだよ」と教えてくれたことがありました。「最初の雪は食べちゃダメ。あれはいっぱいゴミがついているから。しばらく降ってからの雪がおいしいんだよ」って。雪を食べ比べるなんてことを思いつきもしなかったので驚きでした。

その発見以来、降り積もった雪を見定めて、シロップをかけて食べています。家の軒下にできる氷柱《つらら》も大好物。メープルシロップやはちみつをつけて舐めたり、ガリガリかじったり。天然の氷のおいしさも、子どもたちに教えてもらいました。

# かきごおりやさん

わぁーい！　ゆきだー！

てんしの　はねー。

ゆきだるまー。

そり　たのしいー！

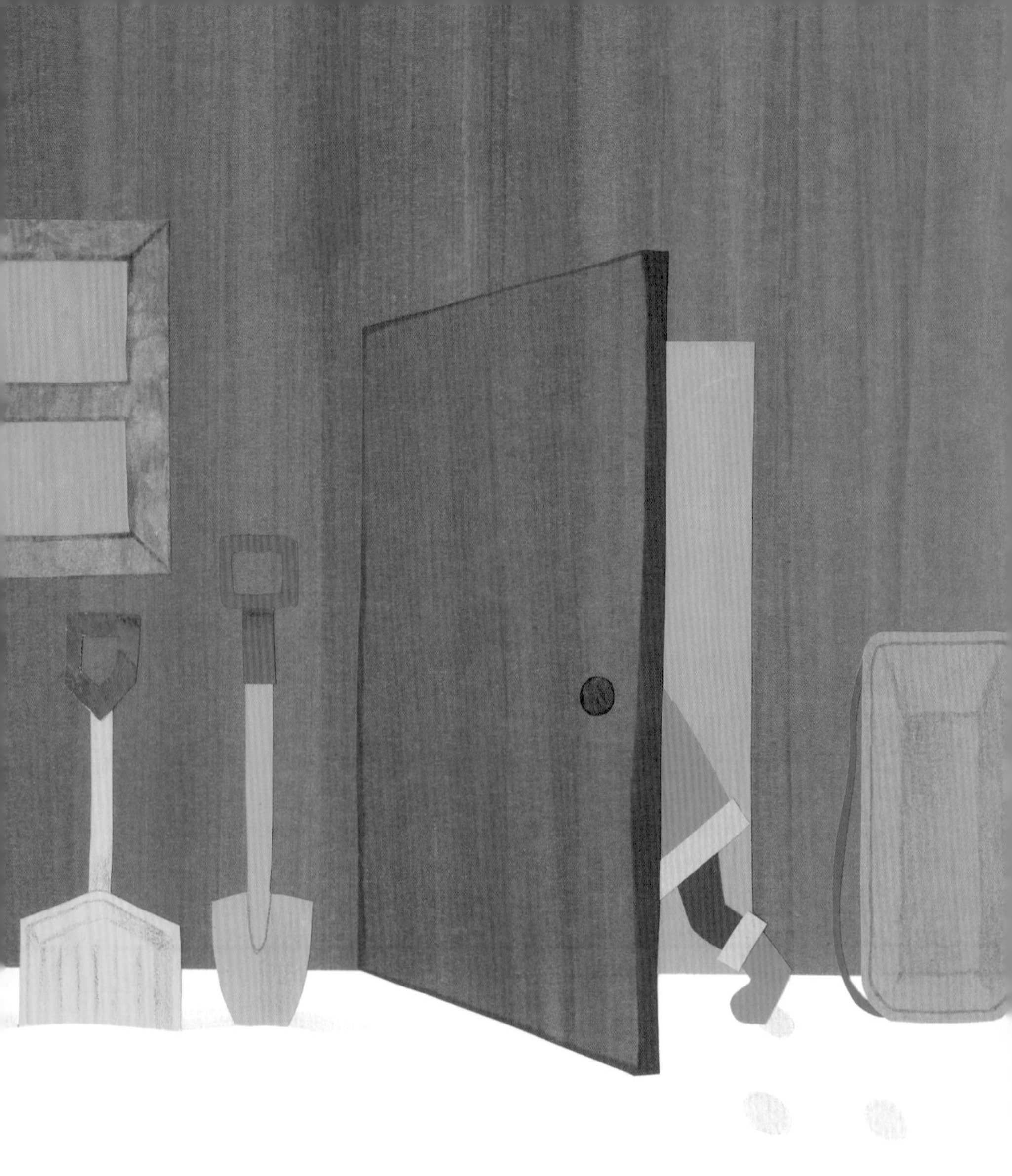

いいこと　かんがえた！

かきごおりの　シロップ　かけて…

いらっしゃいませー、
ゆきの　かきごおりやさんでーす！

# 自然の落とし物

通学路を歩きながら、大人は子どもの安全のために車や人に気を配りますが、子どもたちの目線の先には、毎日違う自然の変化があるようです。目線が低いので、道端や森の中でさまざまなものを見つけるのが本当に早い。「あ、キノコが生えてる」「え？　どこどこ？」「小さなウンチがあった」「え？　どこどこ？」なんて会話はしょっちゅうです。春の訪れを大人は感じてないのに、娘たちは小さい花の芽を見つけてきたり。面白い石を探すのも、いい形のマツボックリを見つけるのも子どもの方が得意。

ただし、自然の中には危険なものがあるのも事実。自然との付き合い方も同時に学んでいます。例えば漆《うるし》の葉。お友達が間違ってその葉で笛を吹いて、口まわりが腫《は》れてしまったことがありました。以来、漆の葉を「この葉っぱは触っちゃダメだ」と体で覚えたようです。毒キノコも危険度の高いものは覚えておいて気をつけたり、倒れそうな木に気づいたら、歩く時に気をつけたり。自然に近いからこその注意深さも身につきつつあります。

次女はなぜか鳥の卵の見つけ上手な時期がありました。春、歩いていると１日１個は見つけます。「それ、石じゃない？」と言うと、「違う、絶対卵だよ」って大事に持って帰ってきたことがありました。ライトで照らしてみると、赤い血管のようなものが見えて。それを温めてみたり、たまにひっくり返したり。もちろんそれでヒナが孵《かえ》るということはないのですが、１週間毎日卵を拾ってきては挑戦する姿にたくましさを感じました。息子は、石と間違えてぎゅーっと握って、「なんか出てきたー」と、ベトベトになった手を見せながら教えてくれる。それぞれの発見、学びに毎日励まされているような気がします。

## 回り道の楽しさ

子どもの切り替えの早さには驚かされます。最初の目的が達せられなくても、別の方法で楽しみを見つけるというか。それで落ち込むことなく、帰りに別の遊びを見つけてそっちを楽しんじゃう。わざわざ遠回りして帰って、落ちているものを発見したり、聞いたことのなかった鳥の声を楽しんだり。大人だったら目的を達成できなかった気持ちに引きずられるけど、子どもは回り道に対応して頭を切り替えながら、新しいものを生んでいくんですね。

そんな子どもの行動をヒントに作った絵本が「ポポくん」シリーズです。『ポポくんのおんがくかい』は太鼓が壊れて楽器屋さんに直してもらいに行くのですが、楽器屋さんが休みで。その帰り道に小石を見つけて、壊れた太鼓の中に入れて新しい楽器を作るというお話。最初の目的よりも楽しいことを見つける子どもの能力に、大人の方がはっとさせられます。

子どもはおそらく時間の感覚が無限。大人は先を見越して無駄なく動こうとするけれど、子どもにはその概念がない。軽井沢の暮らしには、植物や動物、虫や魚など回り道して遊ぶ要素がたくさんあるので「もうそろそろ行くよー」と言うと「これで遊ぶー」となるんですが、それに意識して付き合うことで、私たちも教えられます。急いでいると携帯電話や車のナビを使うこともありますが、時間がある時は地図で調べて覚えておいて記憶のままに向かい、間違ったら回り道を楽しんだり、目印になる場所を子どもに覚えてもらったりして、たどり着いた時のうれしさを味わいます。それだけでいつもと違うドキドキがある。便利と反対のところにある楽しみも、子どもたちといると、新たに教えられます。

# まわりみち

きょうは　こっちの　みちが　いいー。

とおまわりすると　ほいくえんに
まにあわなくなるよ。

さぁ　さぁ、いそごう。おくれちゃうよ。

ガサッ　ガサ　ガサ…

なに？　なんの　おと？

りすだー！

2ひき　いるよ。

おやこかな？　きょうだいかな？

とおまわりしたけど、りすに　あえたね。
さぁ、ほいくえんに　いこうか。

# 生き物を飼うこと

カブトムシ、クワガタ、カミキリムシ、カマキリ、蛇、トカゲ、キジ、リス……。一年を通して森の中で出会う虫や動物たち。子どもたちは保育園や学校の帰り道、家の庭などで、暖かい季節には毎日のように何かを発見しては捕まえてきます。捕まえてきたらなるべく飼わせてあげようというのがうちの決めごと。長女は蛇も虫も得意ですね。

育てることも子どもと一緒に。ヘラクレスオオカブトをずっと飼い続けているのですが、最初は引っ越してきてすぐの頃に隣町のレジャー施設のくじ引きで当たったメスの一匹でした。卵を産ませたいということでオスを飼ったら、卵を産んで。幼虫から成虫になるまで、土を整え、餌をあげて。今いる子は4代目です。以来、外で捕まえたミヤマクワガタ、カブトムシなど虫もさまざま飼っています。

卵を孵すという経験から、長女は興味が湧いたのか、スーパーでうずらの卵を見つけて「温めて孵してみたい」と言い出しました。そこから始まった一大プロジェクトのおかげで今ではうずらを飼っていますが、最初はスーパーの卵が孵るかどうかの実験から始まりました。あれこれ工夫しながら長女は卵を温めて。スーパーのうずらの卵は孵ることはありませんでしたが、その経験を経て、インターネットでしろひめうずらの有精卵を買いました。

親も一緒になって、どうしたら卵が孵るかを調べてみると、孵卵器《ふらんき》という鳥類や爬虫類《はちゅうるい》の卵を孵す道具があることを知りました。ただ、結構、値が張るもの。発泡スチロールと小動物用のヒーターで手作りし、我が家の孵卵プロジェクトが始まったのです。孵卵のポイント

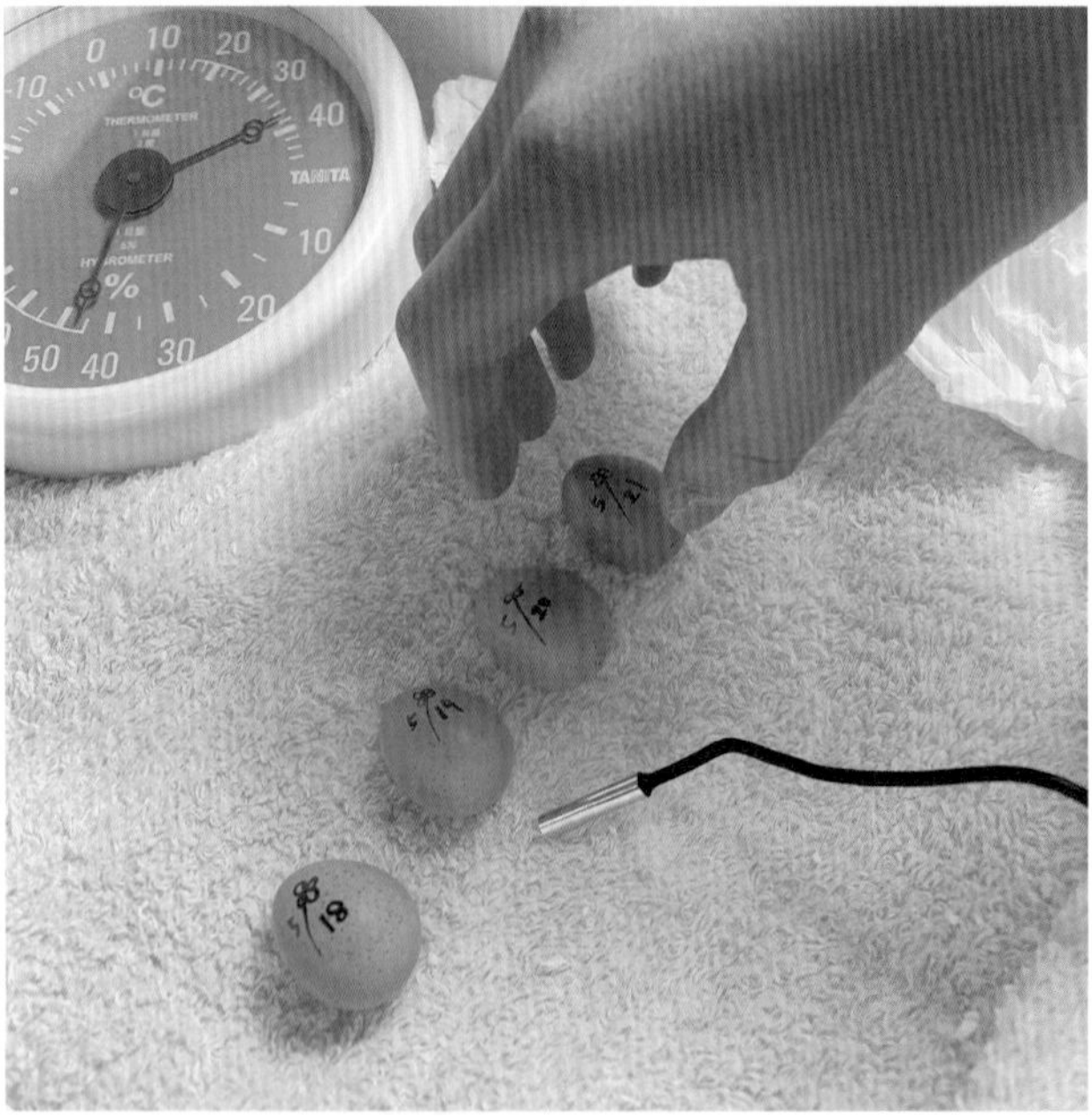
°C
THERMOMETER
TANITA
%

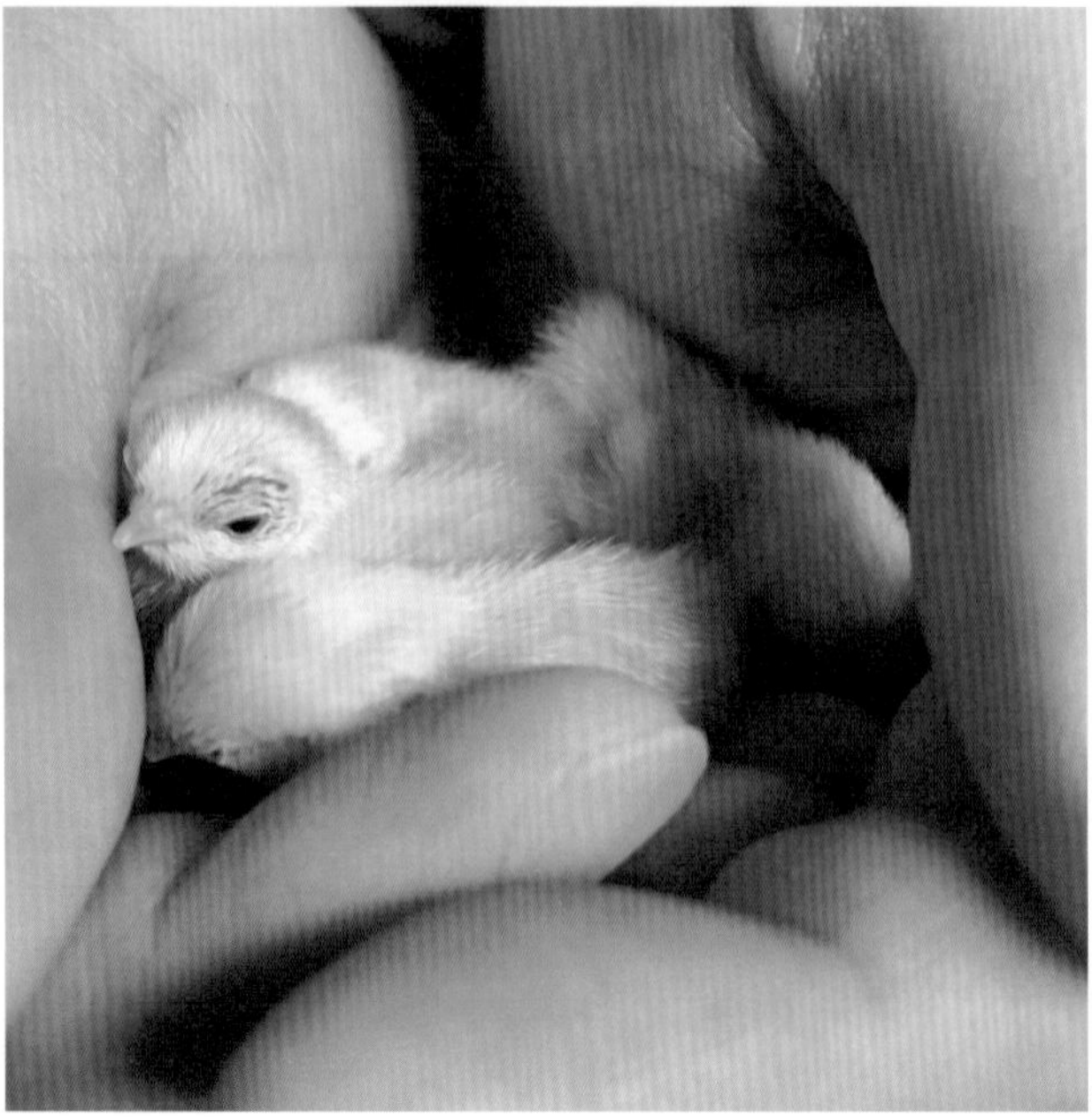

は数時間に一度、転卵《てんらん》といって卵を動かすこと。そうしないと卵が下に固まって、殻に癒着してしまうんです。親鳥が定期的に殻をツンツン突くのも、そういう理由です。1時間に一度、90度くらい動かすのが理想のようですが、さすがに毎日できないので、4時間に一度、寝る間も惜しんで長女と手分けをしてやり続けました。それを17日間……。でも1回目は失敗。そして2回目も失敗……。

親の方は寝不足の辛さにあきらめかけましたが、長女はどうしても卵を孵したいという。さすがに親子ともに寝不足はよくないということで、孵卵器を購入しました。有精卵をネットオークションで5つ買って、孵卵器による三度目の挑戦が始まりました。そして、めでたく、5つの卵のうち4つが孵ったのです。

# 誕生と死

しろひめうずらの卵が孵るまでには大体17日間。15日目くらいに殻にヒビが入り、16日目の朝にコツコツ割れ始め、その後1羽ずつ出てきました。ひとつは孵らず、4羽誕生しましたが、そのうちの1羽は5日目に亡くなってしまい、3羽は今も飼っています。

亡くなってしまった鳥は庭の土に埋めて。庭には他にも飼っていた虫や動物が埋葬されています。長女が捕まえてきて飼っていた蛇の一匹は神経質な性格で、ごはんをあまり食べなくなり、最後は急に痩せて死んでしまいました。長女は悲しんで、桜の木の下に埋めていました。

飼っていたカマキリが死んでしまった時は、ティッシュで包んで薪ストーブで火葬しました。子どもたちは、燃えていく様子をずっと見ながら「また今度会えるかな」と言っていました。

生き物の隣には死がある。大切に飼っていた生き物たちの死に直面する子どもたちは悲しみに暮れるけれど、死というものを見ることも大切なことだと思っています。生き物を飼うことでわかる、誕生の喜びや生き物の体の仕組み、そして命には終わりがあるということ。子どもたちも私たちも、その命のめぐりの中にいることを、気づかせてもらっているのです。

# 鳥の名前を知る

この家に暮らしていると日々、さまざまな鳥に出会います。庭の木々や巣箱にやってくる鳥を見つけては、子どもたちと野鳥図鑑で名前を調べるようになりました。よくやってくるのはシジュウカラやカケス、キビタキ、キジバト、アカゲラやアオゲラ。あとキジも。ある日外からコツコツと音が聞こえてきて、なんだろうと思ったらアカゲラで。家の壁をつついたり、薪をつついたり。その音で目を覚ますこともあります。そんな風に音や鳴き声に気づいて外を見て、新しい鳥を見つけたら調べることを繰り返しているうちに、たくさんの名前を覚えました。

キビタキは窓に激突してきて、脳震盪を起こして一時保護したこともありました。その後逃がしたのですが、２年後に戻ってきて、窓の下の薪の間に巣を作ったんですよ。調べてみると警戒心が強い鳥のようですが、ここは安心な場所と思ってくれたのかもしれません。ひとくちにキビタキといっても、全て模様が違うのでその違いを子どもたちと観察することも楽しんでいますね。

この間は庭にキジの番《つが》いが寝床を作っているのも見つけました。家の中から双眼鏡で観察していたら、メスは木の上で、オスは木の下で寝ることがわかりました。メスは木の上に登る時、いつも同じルートの枝をつたっていくということも観察しながらわかりました。たくさんの種類の鳥がいて、それぞれ個性も色柄も違い、行動パターンも違う。あたりまえのようで気づかないことも、鳥の名を調べることでわかるようになります。

# 3

# 巣ごもり生活の中で

２０２０年は新型コロナウイルス感染症が世界的に大流行し、日本中で新しい生活様式を受け入れていく年となりました。自然に恵まれた軽井沢では、都会ほど人が密集することはないものの、例に漏れず小学校は休校になりましたし、長女の卒業式も縮小して行われました。保育園に通っている次女と息子も休むことになり、約３ヶ月、家族全員が家の中で生活する日々が始まりました。

もともと夫婦二人とも家が仕事場でしたから、仕事の環境という意味では変わりませんでしたが、子どもたちが朝から晩までいる中で仕事がはかどるわけもなく。買い物に行きたくても週に一度一人だけで行くようにしていたので、ちょっとコピーを取りに、パン屋さんに、など〝ちょっとしたこと〟ができない、精神的なストレスも感じるようになりました。

どうしたら、子どもたちが飽きずに遊べるか、親の方もどうしたら気分転換ができるか。そう考える中で助けられたのはやっぱり自然が近い、ということ。外に出られる庭があるということ。今までと少し変化をつけてみようかと庭の木にバスケットゴールをくりつけて遊んだり、サッカーゴールを設置したり。庭にレジャーシートと机を出して勉強したり、ごはんを食べたり。子どもたちにはおなじみの、外での泥団子遊びや、石や葉っぱを使ったおままごとでも遊んでいました。外でごはんを食べるだけで、なんとなく気分が晴れるので、ステイホーム中はほとんど庭でお昼ごはんを食べていましたね。

日頃からもの作りを楽しんでいたことも、巣ごもり生活の中で生かされました。一念発起して大きな本棚も作って。枠組みができたら、子どもたちは梯子《はしご》のようにして登ったり、棚の中に入って寝てみたり。まるで猫のようにさまざまな遊びを生み出していました。

自粛期間が明けて、学校や保育園に行けるようになっても子どもたちは「家がいい」と言っていました。夫婦ともに怒ることも多かったのに「家がいい」と。自然の中で遊ぶうちに、受け身ではなく能動的に生活の中で発見する楽しさが身についていたのかもしれません。ないならないで楽しめる、子どもたちの強さにも、親の方が励まされました。

家の中に「いていい」ではなく、「いなければならない」。そんな経験は今までしたことがなかったからこそ、自分の内側と外側を見つめ直す機会となりました。自分の心を整えるためにも、外側に触れることは大事。外に出られないとなってはじめて、外を感じるものを欲している自分に気づかされました。ａｃｃｏはこの期間、子どもが眠ったあとにどれだけ海外ドラマを見たり、早起きして旅行記や探検記を読んだりしたことか！ 自分の気持ちをマイナスにしないよう、無意識に外に向かうようにしていたのかもしれません。外に広がる自然の風景にも、どれだけ励まされたか。幸いにも庭に出られることが気持ちを解放してくれました。

たとえ外に出られなくても、心を元気にしてくれるのは、季節によって変化する太陽の光、風、匂い、植物の表情を感じること。家にいながら外を眺め、自然と対話することが、気持ちをちょっとラクにしてくれる。それもここでの暮らしが教えてくれたことです。

# 遊びの工夫

泥団子遊び、おままごと、お店屋さんごっこ……。子どもたちは外遊びの天才！「これでこんなことができるかも！」と思いついたら、まずやってみるの連続です。庭にある小さな小屋の屋根も子どもの手にかかれば滑り台に。シューッと滑って飛び降りたところで私たちがキャッチする遊びを思いつき、ステイホーム中に何度となく付き合いました。夫婦どちらかがつきっきりでしたが、子どもの時間と割り切って、一緒に外遊びを楽しみました。

ｔｏｔｏは幼い頃を思い出し、蜂《はち》をペットにする遊びも。蜂を捕まえて、刺されないように注意しながら針を抜き、くびれているところに紐を結んで、犬の散歩のように空中を飛ぶ蜂と一緒に走り回る。さらには、巣にいたアシナガバチを全ておびき出して捕まえて、残った巣の中の蜂の子がどんな味かを食べて確かめてみるという実験もしました。塩ゆでにしたあと、まずは素材そのままの味を確かめて、最後ははちみつをかけて食べました。自然の中には遊ぶ仲間が実はたくさんいるし、知らない世界の宝庫。柔軟な頭で向き合えば、遊びは無限に広がっていきます。

# 外での食事

スイッチの切り替えにもなり、家事の助けにもなったのが、庭での食事。朝から晩まで家に子どもたちがいる生活では、朝昼晩の３食の献立を考えるのも億劫《おっくう》になりますし、食器洗いも大変になりました。

１日５人前×３食の食事作りに疲れて、イライラが募っていた頃に思いついたのが庭でのバーベキュー。庭にある溶岩石で囲いを作り、炭を熾《おこ》して網をのせた即席コンロで野菜や肉を焼くだけ。骨つき肉を焼いて、食べたら庭に骨をポーンと捨てて。それぞれが自分の串で刺して食べるようにしたから、洗いものもなし。味付けも塩だけなどシンプルに。はまぐりも、網で焼いて食べて庭の同じところに捨てるので、そのうち貝塚になるんじゃないかと思うくらいでした。子どもたちもポンポン捨てるのを楽しんでいましたね。洗うのは網ぐらいで、あとは雨が降れば勝手に汚れも流れていく。

本格的なバーベキューでもなく、自然任せな食事は、気持ちをラクにしてくれました。１００年後とかに誰かがこの地を掘り返して貝殻を見つけた時、「ここは海だったんじゃないか？」と思ったりして……!?　そんな妄想も楽しみました。

# 散歩の時間

自粛期間中は遠出の旅ができなかったからこそ、近くの面白さを見つける時間になりました。家族でよくしていたのは散歩。なんとなく行き詰まったら「散歩行こうか」と出かけて

いました。よく歩く道からちょっと外れて、歩いたことのない道を進んでみたり。近くの森の中をただぶらぶら歩くだけでも、さまざまな発見があるもの。

「あそこに新しい家が建ったね」とか、人の流れの変化を見つけるのはもちろん、見たことがない植物を見つけたり、虫や動物を見つけたり。帰ったら植物図鑑や動物図鑑で名前を調べれば、また新しい世界の窓が開く。

外に流れている空気や空、太陽は実は世界とつながっている。そんな風に遠くにイメージを飛ばすきっかけが、近くの「外」にあるような気がします。

## 模様替え

家の中の時間が増えて、暮らしを見直したという話をよく聞くようになりました。家での時間を快適にするために、リフォームに着手したり、日曜大工で家具を作る人も増えたのか、ホームセンターはいつもより賑わっていたような気がします。

我が家でもこの時期に、作りたいと思っていた壁付けの本棚の制作に着手しました。設計図を書き、木材を買って。日曜大工は日頃からしていたのでいつもの延長線上でありつつ、大物を作るいい機会になりました。子どもたちも一緒に色塗りをしたり、自分の持ち物を収納したり。家具がひとつ変わるだけでも、新しい空気が流れていいものです。

# お疲れ様ディナー

totoはもともと、料理が好きで、普段からよくキッチンにいますが、ステイホーム中は特にキッチンに立つ時間が長かったような気がします。日頃から素材や出汁《だし》にこだわってみたり、低温調理などで手の込んだものを作ったりするのが好き。食材に向き合って段取りを考えながら作っていく料理は特にこの期間中、頭を空っぽにするにはいい時間になったようです。toto曰く、子どもたちと遊ぶよりも精神的にラクな「料理に逃げていた」ようですが……！

自粛終わりに作ったのがコース料理。休校最終日にしたフルコースの「お疲れ様ディナー」は、1品ずつ出てくる料理体験に子どもたちも大喜びでしたね。前菜から始まって、スープ、魚料理、肉料理、デザートまで全7品。デザートはaccoのリクエストでクレームブリュレ。でも子どもたちの感想は「苦しいー」。7品も出てきたので、お腹いっぱいになってしまったようです。

外食することはあっても、子どもと一緒だとコース料理は周りに気を遣うもの。体験させることもできなかったので、いい機会になりました。他にもタレや出汁、チャーシュー、煮卵にこだわったラーメン屋さん顔負けのラーメンを作ったりも。「今日は塩がいいですか～醤油がいいですか～」と聞くのも楽しくて。料理で作る非日常は家の中に口福《こうふく》な時間をくれました。

# かいだん レストラン

かいだん レストランが
オープンしましたー！
どうぞ　きてくださーい！

5だんめは
スープと　サラダが　ありまーす。

6だんめは　スパゲッティーでーす。

カレーも　ありまーす。

7だんめには　デザートも　ありますよー。

すみませーん。ちょっと、
うえに　のぼっても　いいですか？

だめでーす。
ここは　かいだん レストランでーす。

うえに　いかないと
おしごと　できないんですが…。

# 4

# 森の中の家仕事

# 山菜の楽しみ

太陽の光が春の訪れを知らせ、雪が解け始めると、庭や森にはさまざまな山菜が芽吹き始めます。「春は苦味の季節」と言いますが、ほろ苦い山菜がたくさん採れるのは、最高の贅《ぜい》沢《たく》。この苦味を食べることで、冬に体にため込んだ老廃物をデトックスしてくれるとよく言われますよね。新生活の体を整えるためにも、芽吹きの季節は、我が家でも山菜料理が食卓を賑わします。

雪が解けた地面から、まず顔を出すのはフキノトウ。蕾《つぼみ》の時季が食べ頃なので、顔を出したらすぐに収穫します。採れたては天ぷらに。少し花が咲いてしまったら蕗味噌《ふきみそ》にしてごはんのお供に。

春が進むとさらにさまざまな山菜が食べ頃を迎えます。その時期には近所の森に山菜採りにくる人の姿をよく見かけます。この辺りには山菜に詳しい人が多く、そこかしこで収穫しています。「何を採っているんですか？」と聞くと、「これはコシアブラだよ」とか「こごみだよ」とか教えてくれる。山菜センサーがついているのではないかと思うくらい、私たちには見えない山菜に気づくんですね。ひとつひとつ名前を教えてもらっているうちに、少しずつ私たちにも、遠くに芽を出している春の恵みが見えるようになってきました。それぞれの収穫時期も年を追うごとにわかってきて、「あと何日で、たらの芽だな」とか指折り数えるようにもなりました。

たらの芽、わらび、こごみ、山ウド、コシアブラ――。天ぷらにしたり、炒め物にしたり

和え物にしたり。それぞれおいしい食べ方を研究するのも楽しくて。２週間くらいの間に山菜を味わいつくします。

　山菜って日記に似ていると思うんです。日記を見返して前の年と同じ時期に、同じことをやっていた、考えていたと振り返ることってあると思うんですが、山菜採りを続けていると、「今年もまた時季がやってきた」という感覚が生まれるんです。毎年毎年のことだからこそ、一年のサイクルを意識するようになるというか。この時季しか出会えない味だからこそ、ひとしきり楽しんだあとに「また来年」と思えるし、同時に「また会える」という安心感が芽生える。それこそが季節限定の食材の楽しみですよね。

　都会では季節に関係なく手に入る食材も多く、一年のサイクルを食べものから感じることって少ないけれど、こちらでは、新しい年のめぐりを感じる喜びの連続。次の年を待ちわびる山菜のおいしさが、その感覚を教えてくれました。

# やまのたね

いつか　あのやまに　のぼりたいなぁ。

もうすこし　おおきくなったら
のぼれるように　なるよ。

いますぐ、のぼりたいなぁ。

……。

あっ！　いいこと　おもいついた！

いしを　つちに　うめたら、
やまが　でてくるかなぁ…

ぼくの　いえの　にわに、
やまが　できますように。

# 梅仕事

6月に入ってスーパーに青梅が並び出したら、梅仕事の始まりです。気候的にも保存食作りに向いている土地だからか、ホームセンターに梅干しや味噌を作るための壺《つぼ》や樽《たる》、道具が売られていることに気づき、ここに暮らすようになってから、梅仕事をするようになりました。

梅干し作りは乾燥させることが肝なので、天気を気にしながら行う作業。天気予報を見つつ、晴れの日を確かめて一気に作っています。ヘタを取る仕事は子どもたちが担当。コツを摑むと竹串で気持ちよく取れるので、面白がって進めてくれます。我が家の梅干しはシンプルに塩だけで作るもの。ここに引っ越してすぐぐらいから始めたので、だいぶ塩梅《あんばい》もわかってきて、味が定まってきたような気がします。梅酒は、基本のホワイトリカーの他に、ウイスキーを使ったりしながら、アレンジして。寝かす年数による味の違いを飲み比べるのも、楽しいですね。

最近始めたのは、梅ジュース作り。氷砂糖を使った簡単なものですが、2年くらい前から梅干し作りで出た梅酢を入れてみるなど、工夫するように。まだ「これ」という味になってはいませんが、子どもたちにとっては夏のドリンクの定番に。水割りやソーダ割りで飲むので、1シーズンでなくなります。

寝かせることで深みが増し、だんだんと好みの味になっていくのも梅仕事の面白さ。梅仕事が終わったら梅雨、そして夏が始まる。その季節への慣らし運転としても、大事な習慣になっています。

下準備

まずは梅をていねいに水で洗い、しっかりと水気を拭きます。そのあと竹串などで、ヘタを取り除きます。青梅は梅ジュースや梅酒を、黄色く熟したものは、梅干しを作るのに使います。熟しすぎて傷みのある梅は不向き。傷みを確かめながらより分けるのも、おいしい梅干し作りのポイントです。

梅ジュース

熱湯消毒した保存瓶に、梅、氷砂糖を交互に入れます。氷砂糖が溶けたら飲み頃。水や炭酸水で割って飲みます。

梅酒

熱湯消毒した保存瓶に、梅、氷砂糖を交互に入れて、ホワイトリカーを注ぎます。半年くらいで飲めるようになりますが、１年以上寝かせると深い味わいになります。

梅干し

熱湯消毒した容器に、塩、梅を交互に入れます。最後に塩を振って重石をし、出てきた梅酢に全体が漬かったら、梅を取り出して、ザルに並べて干します。乾いたらひっくり返し、３日くらい干したら、熱湯消毒した保存瓶に入れ、冷暗所で保存します。

# ピザ窯

引っ越してきて割とすぐに、ｔｏｔｏが庭に作ったのがピザ窯《がま》です。ピザが大好物で、１枚をペロリと食べてしまう長女のために作りました。実は大阪に住んでいた頃から、いつか作ってみたいという夢があって、ピザ窯の作り方の本を読んでいたんです。

まずは庭の土を掘って、コンクリートを流し込んで土台作り。そこに、庭から出てきた浅間石を積んだあと、上に木枠を置いてそこに耐火モルタルを流して真っ平らに。さらに耐火レンガを敷き詰め、その上に土まんじゅう（泥で作る窯型）を作り、耐火モルタルを塗りつけていきます。モルタルが完全に乾いたところで、土まんじゅうを取り除くと、ドーム型の窯が現れます。ピザを窯の中に入れ、回転させたり取り出したりするパーラーといわれる道具がありますが、そういったものも全て手作りしました。

ｔｏｔｏ自身も子どもの頃、お父さんにさまざまなものを作ってもらっていたそうで、作る工程も楽しめるからと、子どもが「欲しい」と思ったものは作ってみることから始めます。「たまごっち」が欲しいと言われて、木で作ったこともあったんですよ！

窯ができてからは、家族や友人を招いてピザパーティ。生地をこねてのばして、季節の野菜をのせて、オイルやソース、チーズをかけて焼くだけ。ピザ窯は高温になるので、ほんの数分でピザが焼きあがります。夏の時期のみずみずしい野菜をたくさん摂れるのもいいですよ。ピザ作りは、子どもたちにも簡単にできるので、率先して手伝ってくれます。パーラーの上で切って食べれば洗いものもないので、家事の助けにもなっています。

# 粉山椒作り

庭にある山椒《さんしょう》の木。山椒は季節によってさまざまな楽しみがあります。春に芽吹いた木の芽は香りが高く、お吸い物や焼き魚に添えたりしますよね。そのあと出る花芽が「花山椒」と呼ばれるもの。香りが良く、辛味もないのが特徴。初夏の青い実が「実山椒」。辛味が強く、辛味を抜いてから佃煮などにしていただきます。9月頃になると熟して赤くなる。これが鰻《うなぎ》などにかける粉山椒になります。

うちでは、赤くなるまで待ってから採ります。放っておいて種と皮が分かれるのを待つんです。皮の部分をミキサーにかけて粉にしたものが粉山椒です。市販のものと比べると、香りが全然違うんです。だから、それこそスーパーで買ってきた鰻にかけて食べるだけでも、なんだか料亭で食べているような気分に。麻婆豆腐なんかも本格的な味わいになります。本当においしいので、すぐ使い切ってしまうけれど、そしたらまた次の年を待つ。また山椒の時季がきたら、あの味に会えると思うと、なんだか一年のサイクルが楽しくなります。

## 作り方

1　8月末から9月頃、熟した赤い実を収穫する。はじめて見た時は驚きました。

2　赤い実を取ったら皮と種が分かれるまで待つ。皮の部分を細かく刻んだり、ミキサーにかけて粉山椒に。

3　瓶に入れて保存する。秋冬は粉山椒を生かしたさまざまな料理を楽しみます。

# 味噌作り

1月～2月になると味噌作りの季節。この頃に仕込んだ味噌は春、夏と発酵が進み、10月頃食べ頃を迎えます。興味本位で始めてみたのですが、意外と簡単。子どもたちと一緒にできるので、我が家の年中行事になりました。

仕込みは2日間。大豆を戻し、煮て、麹《こうじ》と塩と混ぜて発酵の準備をするだけ。豆をビニール袋に入れて足で踏んだり、味噌団子を作ったりの作業は、手触りも足触りも気持ちがいい。子どもたちもまるで遊びのように楽しんでいます。仕込みが済んだら、あとは冬から春、夏へと上がっていく気温で発酵を進めてもらうだけ。時間の経過とともに色合いも変化し、風味も香りも変わっていきます。手作り味噌はクリアな味わいで、安心できるおいしさです。

## 作り方

1　まずは大豆を擦《す》り合わせるようにしてよく洗います。そのあと、大豆がしっかり被るぐらい、たっぷりの量の水に浸して12時間以上置きます。

2　大鍋に、水に浸しておいた大豆を入れ、鍋8分目の水を入れて火にかけます。はじめは強火で。そのあと吹きこぼれないように注意しながら、指で簡単につぶれるぐらい柔らかくなるまで煮ていきます。

3　粗熱が取れたらビニールに入れて、足で踏んでつぶしていきます。よくつぶれたら麹と塩を入れてよく混ぜ合わせ、団子状に。桶に団子状にした味噌を押し込みながら詰め、表面を平らに整えます。味噌が空気に触れないよう、ラップなどをして、中蓋《なかぶた》、重石をして、ビニール袋などで容器の口を包んだら、直射日光の当たらない場所で熟成させるだけ。

我が家では薪ストーブの上でゆっくりと
とことこと大豆を煮ています。

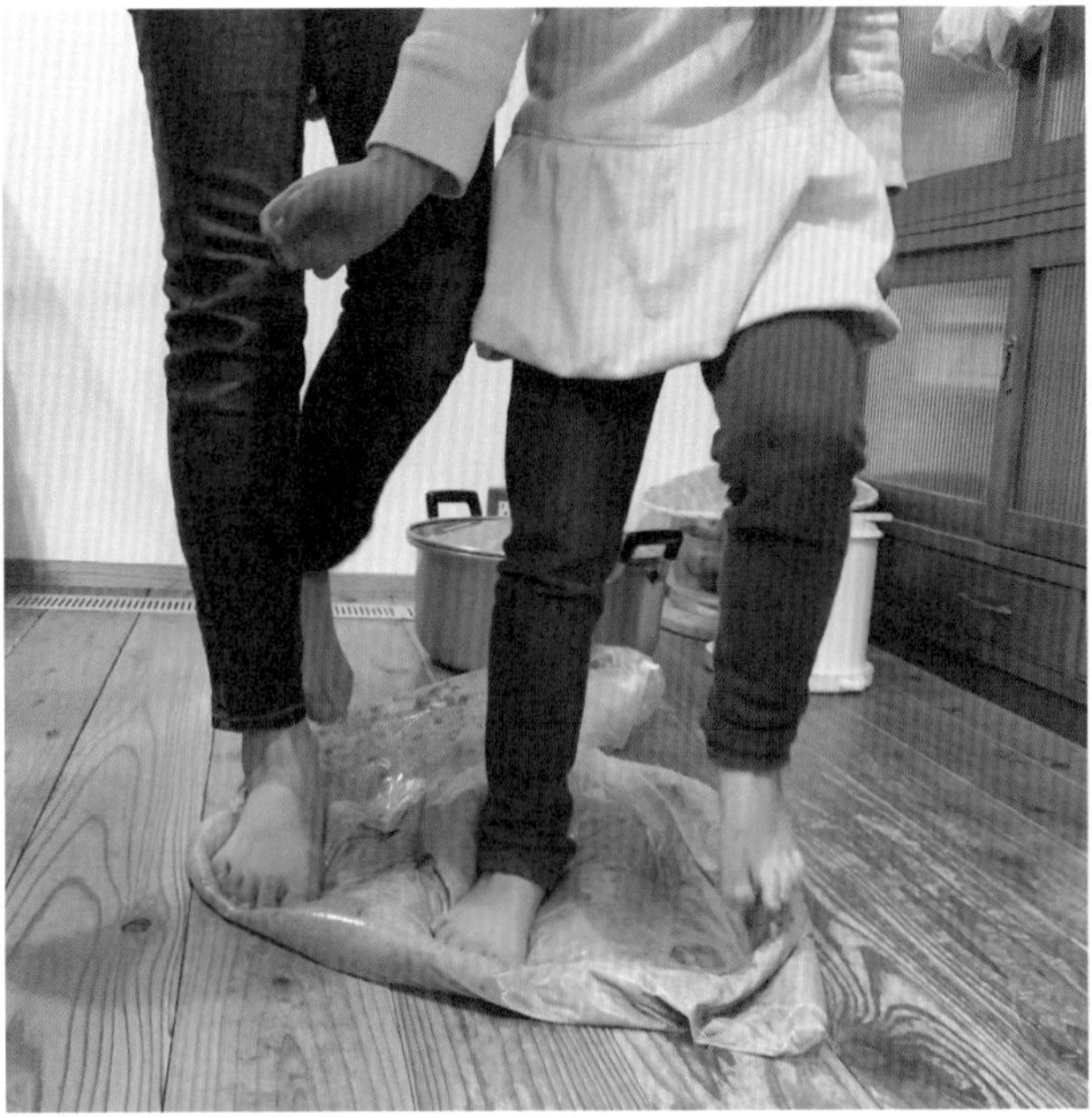

# 薪ストーブ

冬の寒さが厳しい軽井沢では、火力の強い薪ストーブは我が家の生活にかかせません。家の外には、冬に備えて薪がぎっしりと積んであります。薪は2年くらい乾燥させてから使うそうで、乾燥させないで使うと火のつきが悪いし、ストーブにとっても良くないんです。だから今使っている薪は、2年前に割ったものになります。割った薪は風通しのいいところに保管して、毎年冬になる前に割って、継ぎ足し継ぎ足し、多めに準備していきます。

火をつけると木の皮が焼けるパチパチという音がして、その音にも癒やされます。薪ストーブはただ暖まるだけでなく、料理でも大活躍。下のオーブンに鶏肉と野菜を入れて焼いたり、ストーブの上でスープを温めたり。鶏肉の皮はパリパリになるし、薪の香りも移ってすごくおいしい。やかんで湯を沸かしておけば、冬の乾燥対策にも。よく焼き芋も焼いています。アルミホイルに包んで放っておけばできる、簡単おやつです。マシュマロを串に刺し、遠火でくるくる回しながら焼くと、外はサクサク、中はトロトロでおいしい。

スウェーデンの映画『やかまし村の春・夏・秋・冬』で見た、鉛占いも薪ストーブで。おたまに鉛を入れて熱して溶かし、水を張ったバケツにジャッと入れて、できた形を楽しむというもの。水に入れた瞬間に固まり、さまざまな形になる。我が家では、大晦日《おおみそか》にその遊びをして、新しい年を占っています。

軽井沢の冬は長いので、4月くらいまで夜は薪ストーブのお世話に。春を待ちわびながらも、冬ならではの薪ストーブの時間を楽しみます。

# 雪かき

寒冷地である軽井沢は毎冬、雪が降ります。ここ数年は、しっかり積もる日も少ないのですが、平均5㎝～20㎝くらいの積雪があるので、冬の仕事といえば、雪かきがそのひとつです。重労働だからといって雪かきをしないと、家が傷んだり、家から出られなくなったり。だからこの辺りの人は、雪かきはあたりまえの習慣としてこなす体力があるように思います。ホームセンターにも、冬の時期に入ると、さまざまな雪かき道具が並びます。雪が降り始めると、いつまで降り続くかわからなくても、タイミングを見て少しずつ雪かきを始めます。引っ越して最初の冬、積もってから雪かきをしてしまい、可能な限り、まめに雪かきをする大切さを思い知りました。

雪が降った次の日、永遠に続いているのではないかと思うような雪の道に家族で大喜び。パンツ一枚や裸で雪の布団に飛び込んだりなんてことも。そんな子どもたちを横目に、大人にとっては雪かきから始まる朝となります。冬真っ只中の寒い日の雪は、サラサラとしていて雪かきも比較的ラクですが、2月半ばを過ぎて降る雪は水分を含むので重く、玄関前や道路の雪かきも腰にきます。あまりに降り積もると除雪車がくるのですが、近所には除雪できる車を持っている人もいて、普通の積雪では近所の車が道路の除雪をしてくれます。雪が降ったらとにかく近所で助け合い。小学校の通学路は親がみんなでスコップ片手に道を作ることもあります。冬の寒さは堪《こた》えるけれど、人の温かさを感じる季節でもありますね。そしてどんな時でも子どもたちは楽しそうで。その笑顔に救われています。

## 自然の癒やしと脅威

四季折々の変化で私たちを癒やし、励ましてくれる自然の力。でも一方で、時に自然は牙《きば》を剝《む》くことがあります。自然の中で暮らすことは、そのどちらも感じるということ。都会で暮らしていても、例えば猛烈な夏の暑さ、地震や台風などの災害に、自然の脅威を感じることがありますが、ここ軽井沢ではその脅威は日々、隣にいるような感覚です。でもいつでも脅威と隣り合わせという感覚は、生きるうえで大切なことだと思います。

例えば浅間山という火山。我が家は直線距離で6㎞しか離れていないので、山頂からの噴煙が近くに感じられます。常にその噴煙を確かめ、子どもたちはヘルメットをかぶって学校に通っています。

そして野生の動物や虫も。鹿や熊や猪が山から人里に降りてきて、道で出くわしたという話もよく聞くこと。秋が深まってきた時期に、道で猪に遭遇した時はさすがに恐ろしかったです。小学校では「熊学習」という授業があるほど、熊に遭遇した時の危機管理はこの地域で身につけるべきこと。もし出会ったらどう行動するかを親も子も学んでいます。

そして、毒蛇、ヤマカガシ。オレンジ色が目印です。そもそもは臆病で人の気配を感じたら逃げる蛇。遭遇しても騒がない、触らないようにすれば、攻撃してくることはないと教えています。

スズメバチも、注意すべき存在。以前、クロスズメバチに子どもの友達が刺されたことがありました。蜂に出会ったら騒がないこと。また、クロスズメバチは土に巣を作るのですが、

それを知らずに踏んでしまうと攻撃してくることがあります。虫の生態を知ることも大事で、子どもたちには、気をつけることをひとつひとつ教えています。

標高が高いこともあって、山の雷は恐ろしいもの。山の天気は変化が早く、徐々にではなく急に雷がやってくる。あっという間に雷雲で真っ暗になります。木々が多いので落雷は危険ですし、暴風で木が倒れ、電線に当たって停電することもよくあります。

注意が必要な植物も知っておく必要があります。葉を触ると炎症を起こす漆、食中毒を引き起こす毒キノコ……。これはむやみに触ったり取ったりしないように、子どもたちにも教えています。

都会には、例えば交通事故だったり、建物から落下物があったり、予測不能な危険があります。つまり読めない危険。自然の中での暮らしは、ある程度予測できる危険。だからこそ別の危機管理能力が必要なんですね。空を見て天気を読むこと、動植物の知識をつけること。正しく怖がり、気をつけていくことが、自然と仲良く生きるうえで、大切なことのような気がします。

# 5

# 軽井沢の庭便り

# 自然のままが大事

もともとは雑木林だった我が家の敷地。庭は、ほとんどが自然のまま。引っ越してきて植えたのはタイム。料理やお茶にも使えるタイムは、春から夏の間、薄いピンク色の花が咲きます。まるでピンクの絨毯《じゅうたん》のようで美しかったのですが、雪が降らなかった年に、多くがダメになってしまいました。冷たい風や土の凍結で根がやられてしまったのです。少なくなってしまいましたが、もう一度植えることはせず、自然任せに。年々少しずつは増えていっています。

自然任せにしていると、鳥や動物、風が運んできた種のおかげで、毎年新しい植物に出会うこともできます。フキノトウ、タンポポ、山椒、山ツツジ、カタクリ、モミジ……。タイム以外に、クロッカスを球根から、ワイルドストロベリーも植えましたが、それくらい。もともとの土地と相性がよければ、元気に育つもの。その方が人も植物も自然でいられる気がします。

秋になると庭のモミジや楢《なら》の木が色づき、冬に近づくにつれて葉が落ちます。落ち葉は日々積もっていき、庭もデッキも赤と黄色の世界に。年によって、落ち葉の色が変わるのも面白い。２０２０年は、人の動きが制限され、空気がきれいだったことも影響してか、鮮やかな黄金色でした。西日が当たるとキラキラと輝くようで、時間を忘れて眺めてしまうほど。

子どもたちはそんな落ち葉の海に身を投げ出したり、モミジを使って絵を描いたりと、落ち葉遊びを楽しみます。ひとしきり遊んだあとも、特に燃やすことなくそのまま。デッキの落ち葉はほうきで庭に掃きますが、あとはそのままにして土に還《かえ》します。庭に植えたタイムが弱ってしまったのは、雪が降らなかっただけでなく、落ち葉を掃きすぎたことも原因で。以来、落ち葉が自然に土に還るまで放っておくようになりました。実際、その方が肥沃《ひよく》な土になる。また春になって、花々と出会うためにもいいのです。

# ツリーハウスを作る

夫婦二人とも子どもの頃から憧れていたツリーハウス。特にｔｏｔｏは憧れが強く、大阪に住んでいた頃から「１本の木にこうやって作って……」と設計図まで考えていました。

次女が生まれ、仕事をセーブしていた時期に、ツリーハウス作りが始まりました。設計図どおりの太い木が庭にはなかったため、２本の木を利用した家に設計を変更。テーマは、開放感はあるけれど、秘密基地のように外からの視線がほどよく遮られて、隠れ家的でもある空間。夜、外から見た時に、たくさんの窓から明かりが漏れているシーンもイメージして、設計図を固めていきました。

窓枠の一部は手作りし、一部は古道具屋でアンティークのものを買い、一部は建て具屋だった祖父が作った家具のパーツを使いました。壁や床、屋根などはある程度はガレージで組み立て、現場に運んで組み上げて。できるだけ開放的に見えるように、柵は作らず、子どもが飛び降りられるような高さにしたりといった工夫も。

秘密基地なので、鍵をかけられるドアにして。子どもたち全員に鍵を渡したら、ちょっと大人になったような気分になったのか、得意げな顔をしていましたね。電気は通さずランプに。ちょっと不便なくらいが秘密基地にはちょうどいいんです。

上右・窓や壁、床など、組み立てられる部分はガレージで作って。全面を板張りにしたので、結構な枚数の材木を買いましたが、プロに作ってもらうよりも10分の1くらいの費用でできました。
上左・古道具屋で買ったアンティークの窓枠や手作りしたもの。雨風で傷みにくいように、ペイントを施して。
下・2本の木を生かして作ったツリーハウス。デッキから子どもたちも飛び降りられる高さにしたので、案の定飛び降り遊びをしょっちゅうしています。

# ツリーハウスで過ごす

家とは別の小さな基地は、近い距離にありながら、非日常が味わえる空間になりました。断熱材を入れていないので、体感温度としては外にいる感覚とほとんど一緒。冬は寒すぎるので、ここで過ごすのは夏場がメイン。窓を2つ開けていると、風がとおって涼しくて気持ちよく、風が強い日は家がギシギシと揺れ、なんだか船に乗っているようで心地いい。

自然の中に溶け込んでいるような空間だからか、すぐ近くに鳥たちがよってくるのも面白いんです。家では聞こえなかった鳥の声が聞こえ、近くで観察もできる。動物たちもこの家を巣だと思っているのかもしれないですね。たまにデッキでリスがマツボックリを持って、ゆっくり食事をしていることもあるくらい。近所の猫も、この下にきて、寝ています。

長女は、夏に近所のお友達とツリーハウスの中でおやつを食べたり、ハウスの周りをぐるぐる回って、登ったり降りたりしてよく遊んでいました。中に本棚やベンチ、小さな机もあるので、余裕のある休みの日などは「お昼ごはんだけはツリーハウスで」と、ちょっとしたキャンプ気分を楽しめる場所になりました。

でもおそらく、いちばん使っているのはｔｏｔｏかもしれません。夏の夜にガスコンロを持ち込んで、ラーメンを作って食べたり、寝袋を持ち込んで泊まったり。朝方は冷えるので母屋に戻るという、ちょっとスイッチを切り替えたい時のプチ家出。静かに本を読み、考えごとができる空間は、実は大人にとって必要なのかもしれませんね。

# ツリーハウスの四季

庭の茂みの中にある、２本の木の間に作ったツリーハウスは、自然に溶け込む不思議な家。自然にほどよく溶け込んでいるからこそ、四季の変化でさまざまな表情を見せてくれます。春、花が庭に咲き始め、木々の葉も増え始めると、この小さな家も新しい季節を喜んでいるように見えます。夏は鬱蒼《うつそう》と茂る植物の間からひょっこりこちらを見つめているよう。秋にはハロウィンもあるので、キャンドルやランタンを持ち込んでみました。窓から溢れる明かりが温かくきれいで。厳しい冬を前にホッとする景色でした。冬は雪をかぶり、真っ白な家に。一緒に春を待ちわびているような、そんなイメージが湧きます。

ここにいると自然をより近くに感じます。鳥がさえずっている様子や、木の実をついばんでいる様子。種が落ち、「ああ、きっとあそこから芽が出るな」なんて感じたりもします。夏になれば鬱蒼とした茂みに、虫がたくさんやってきて、食べたり、食べられたりの食物連鎖を間近で見ることができるのです。

ある時からは、キジも庭にやってくるようになりました。うちをテリトリーにしているのかもしれません。こちらに安心してくれているからか、どんどん距離が近づいていて、7m くらいまで近づけたでしょうか。動物たちはみなそうですが、理屈ではなく勘で生きている、

それを地震の時などによく感じます。地震がくる前、キジがけたたましく鳴くんですよ。普段、夜には鳴かないキジが異様に鳴いた時があって、次の瞬間、グラグラと揺れました。すぐにテレビをつけたら、震源地はずいぶん遠くにあって。何を感じているのだかわかりませんが、携帯電話の地震速報よりよっぽど正確で早いと思いましたね。

　ツリーハウスでの自然観察は、絵本の着想もたくさんくれます。動物の世界には食物連鎖があることはもちろん、秘密基地のような空間がある楽しさも、絵本の題材にしたことがあります。「ポポくん」シリーズの『ポポくんのひみつきち』なんてまさにそうです。ポポくんが仲間と木の上に家を作るお話。ツリーハウスにいる時間、ツリーハウスを眺める時間は、自分たちが自然のサイクルの中で生きていること、そして孤独ではないことを実感させてくれるのです。

# 秋の実りと訪問者

夏が終わると、実りの季節。夏のエネルギーをたくわえて、甘くなった木の実が収穫時期を迎えます。アケビ、木イチゴ、コケモモ、リンゴ……。庭に、森に、山にさまざまな実がなり、見つけるとパクッと食べる。足元にはキノコや栗やどんぐり。背の低い子どもたちは、本当に素早く見つけます。形のいいマツボックリを見つけるのも、子どもたちの得意技。取っておいてクリスマスの飾りにします。虫食いの落ち葉に〝顔〟を見つけ、枝と組み合わせてヒト形にしたりなど、秋ならではの遊びも楽しみます。

木の実が豊富ということは、動物たちもやってくるということ。森の道で鹿に遭遇することも。そういう時は向こうを驚かせないように、こちらはそっと見守ります。

家の中から外を観察していると、リスや鳥が木の実を食べている様子を見ることができます。霜が降りた朝に、デッキに足跡がついていたり、フンが落ちていたり。庭の木の実をかじった跡があったり。

私たちとは違う時間の軸の中で生きている様子を見つけるってとても幸せなこと。時にはわざとデッキに実を落としておいて、次の日なくなっていることを確認するのも楽しいものです。

# ハロウィンかぼちゃ

10月の終わり、ハロウィンが近づくと、毎年かぼちゃで作るのがジャック・オー・ランタン。日本の鬼火のようなもので、怖い顔にくりぬいて、中に火を灯すと魔除けになるといわれています。ランタンを作るのも夫婦二人の楽しみです。

totoはもともと立体作品を作っていたこともあって、得意分野でもありますが、年々、技術が磨かれていて、完成度が高くなっています。この間はかぼちゃの仁王像まで作っていました！　子どもたちに「可愛いのがいい？　怖いのがいい？」とリクエストを聞いて作り始めるのですが、子どもたちの希望は決まって「怖いの！」。3時間くらいかけて彫刻刀を使って彫っていきます。

ハロウィンの日には、子どもたちの希望で食べたいものを作ります。あとは「トリックオアトリート！」とお菓子をねだる遊びも。姉弟で庭を少し歩いて家にやってきては、お菓子をもらって家を出る→ピンポンする→お菓子をもらって出るを繰り返しています。それをお菓子がなくなるまでやっていますね。

ハロウィンで作ったかぼちゃのランタンは最後は庭先へ。土に還し、また次の年、新しいランタンを作ります。

# かまくら

なに　つくってるのー？

かまくらだよー。

ここで　おひるごはん　たべよう！

できたぞー。

わーい！　はいってもいい？

おひるごはん　くるまで
えほんよんであげるね。

# ある年の大雪の楽しみ

大人にとっては重労働が待つ大雪ですが、子どもたちにとっては一大イベント。庭も通学路も一面の雪景色、真っ白の雪に足を一歩踏み入れるだけできゃっきゃと大はしゃぎ。

家の屋根には氷柱ができ、ポキっと折ってはメープルシロップやはちみつをつけてアイスキャンディーのように食べています。きれいな雪はシロップをかけてカキ氷のように食べたり、シロップを使って雪に絵を描いたり。どこまでも続く白いキャンバスに、子どもの無限の想像力が発揮されます。

たくさん雪が降り続いた次の日は、雪かきついでに、かまくらや雪だるまやそり台を作ります。かまくらはｔｏｔｏの担当ですが、年々雪質を掴んで、きれいな形に作れるようになりました。軽井沢の雪はサラサラの雪なので、少し気温が上がった頃の水分を含んだ雪でないときれいな形になりません。つまり春が近づく少し前の雪ということ。かまくら作りが終わったら、春はもうすぐなのです。

１日がかりで、まずは雪の塊を作って放置。次の日スコップで中を削ってかまくらを作ります。そのあと水をかけると凍るので、しっかりとした形になります。

出来上がったら、中にレジャーシートを敷いて、机を持ち込み、スノーウェアを着てかまくらでの時間を楽しみます。キャンドルを灯したり、ぜんざいやみかんを食べたり。いつも家の中でしていることでも、かまくらの中でやると特別な時間になります。近所の家々の玄関先に、大小さまざまなかまくらや雪だるまが並ぶ様子もこの時期でしか見られない風景。大人にとって、大雪は困ったなあと思うこともありますが、このところの温暖化で雪が少なくなってきて、それはそれでまた、なんだかさみしいものです。

# マジックアワー

秋から冬に変わる頃。この時期の澄み切った空気と気温、天候、日没前という条件が揃った時にしか体験できないマジックアワーがあります。日が沈む時の赤みを帯びた色と、沈み切った深い青がグラデーションとなって現れる空は、なんとも幻想的。都会に住んでいた頃も条件が揃えば見ることができましたが、空気がきれいな軽井沢では、この時期、幾度となく見ることができます。

太陽の光源がまだ残る時間帯は、黄金色。それがだんだんと青紫色の空と合わさって、橙、赤、赤紫、青紫のグラデーションに。さらに何かの条件が揃うと、緑、黄、橙、赤、紫、青の絵の具で表現したような空を見ることができます。この景色は自然にしか描き出せないもの。思わず写真に収めたくなる風景に、なんどもシャッターを切りました。

この景色を見られるのは、秋から冬の一時期。いよいよ雪降る長い冬がやってくるという知らせでもあります。この魔法がかかったような空は、神様がくれるご褒美のよう。暗く長い冬の始まりに、こんな空を見せるなんて、自然界というのはよくできているなあと思うのです。

星空

透明感のある澄んだ空気と、しっかり暗闇になる環境のおかげで、軽井沢では満天の星が見られます。都会の夜空と同じとは思えないほどの星の数。星降る夜って言葉は小説や歌にしかないと思っていたけれど、本当にあったんだと、引っ越してきた頃思ったものです。

長女が理科の授業で天体を習い始めた頃、星座早見盤を使って、夜に星を見るようになりました。都会では見つからなかった星々が、ちゃんと見えるのがうれしくて。都会ではオリオン座すらなかなか見つけるのが難しかったですから。「まずは北極星を探そう」「あれはカシオペア座だね」なんて早見盤と見比べながら、時間によって星座の位置が変わること、季節によって見える星座が違うことも、星空が教えてくれる。本当にありがたい環境だと思います。寒さを肌で感じながら見る星空は、プラネタリウムよりもよっぽどきれい。数ある星の中から、ひとつひとつ探して、夜空に星座を描いていると、時間を忘れてしまいます。

星を眺めていると、流れ星に遭遇することもしょっちゅう。「～流星群」のニュースが流れなくても、流れ星は割と見られます。肉眼で見られなくても、カメラをセットしてシャッターを開けたまま撮影をすると、幾筋かの流れ星が写り込んでいます。子どもたちは、「ＵＦＯだ！」と大騒ぎ。

紀元前の昔から、人は星と対話し、季節を理解し、どう行動すべきかを占ってきました。「いつ、何をする」かも星が教えてくれていたんですよね。星々を結びつけ、神話に登場する神々に見立てたということも、星を見ているとわかる気がします。そして、今見えている星の光は何百年も前の光。その壮大なスケールにも圧倒されますし、悠々とした星空に、今、自分たちを取り巻くさまざまな困難も小さな点のようなものでしかないことを実感するのです。

# おつきさまのおとうさん

おつきさまに　おとうさんはいるの？

どこかに　いるかも　しれないねぇ。

だれだろう？　たいよう？

うちゅう？

おとうさんの
おつきさまが　いたら、
おかあさんの　おつきさまも
いるんじゃない？

みて！

おつきさま　おふとん　かけてもらってるよ。

おとうさんが　かけたのかなぁ。

おつきさま　どんな　ゆめ、みるのかなぁ。

## accototo（あっことと）

ふくだとしお“toto”と、ふくだあきこ“acco”でaccototo。二女一男の父と母。絵本、イラスト、壁画などを夫婦で制作。動物をモチーフにしたタオルや陶器、子ども向けの雑貨も展開している。絵本の作品に「うしろにいるのだあれ」シリーズ、『ポポくんのおばけパン』などの「ポポくん」シリーズ、『のぞいてごらん』などの「ごらん」シリーズ、『ぎょうれつ いろいろ』『だれのあしあと』『あいすくりーむに ありを のせたら あいうえお』などがある。

写真・絵……accototo
構成・ライティング……竹田理紀
ブックデザイン……有山達也＋中本ちはる（アリヤマデザインストア）
編集協力……柏崎沙織　伊藤聖子

絵本作家の森のいえ便り

2021年5月25日　第1刷発行

著　者……accototo
発行人……見城 徹
編集人……菊地朱雅子
編集者……袖山満一子　黒川美聡

発行所……株式会社 幻冬舎
〒151-0051 東京都渋谷区千駄ヶ谷4-9-7
電話　03-5411-6211（編集）
03-5411-6222（営業）
振替　00120-8-767643

印刷・製本所……図書印刷株式会社

検印廃止


ISBN978-4-344-03792-2　C0095

幻冬舎ホームページアドレス　https://www.gentosha.co.jp/

この本に関するご意見・ご感想をメールでお寄せいただく場合は、
comment@gentosha.co.jpまで。